MA BABY ENCYCLOPÉDIE LAROUSSE

LE JARDIN

Texte : Anne Royer
Illustrations : Jocelyn Millet

LAROUSSE

Un coin de nature apprivoisée

Tout petit ou gigantesque, un jardin est un terrain fermé entourant, le plus souvent, une maison.

Alors que, dans la nature, les plantes poussent toutes seules, dans le jardin, les **fleurs**, les **légumes** et les **arbres** sont **plantés** par la main de l'homme.

Dans un jardin, il y a souvent plein d'endroits différents,
et donc des tas de choses à faire !

Une plante, qu'est-ce que c'est ?

La plupart des plantes du jardin se développent à partir de petites **graines** enfouies dans la terre.

Grâce à l'**eau** et à la **chaleur**, elles se mettent à germer.

Puis de petites **racines** apparaissent et grandissent. Ce sont elles qui permettent aux plantes de **boire** et de **manger**.

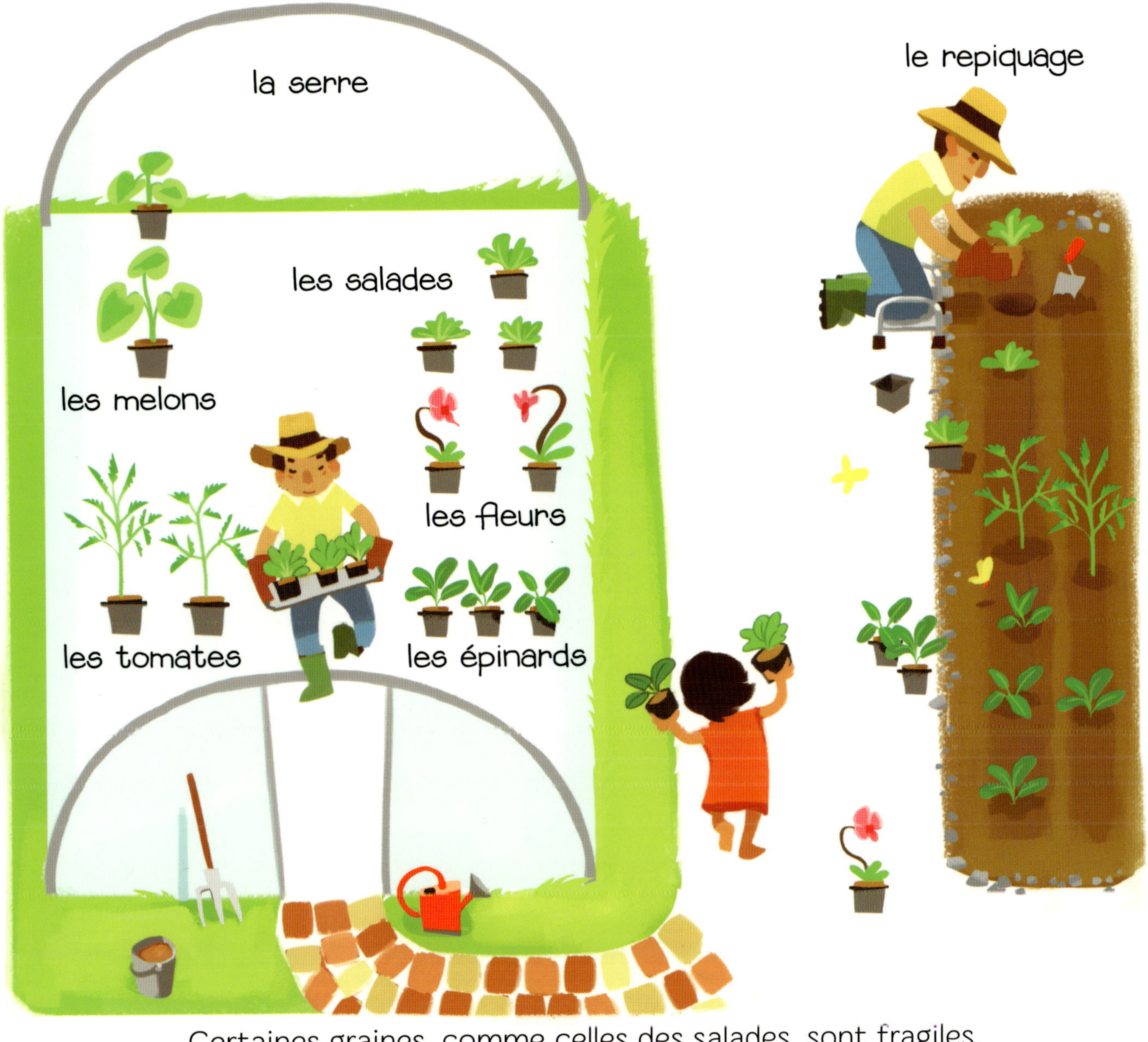

Certaines graines, comme celles des salades, sont fragiles.
Elles doivent d'abord grandir dans de petits pots mis à l'abri dans une **serre**.
Ensuite, le jardinier peut les planter en terre.

Bien préparer son jardin

Pour [illegible] au jardin jusqu'à [illegible] s'en occuper des [illegible] fin de l'hiver.

Avant de faire ses plantations, le jardinier doit préparer la terre en la retournant avec une **bêche.**

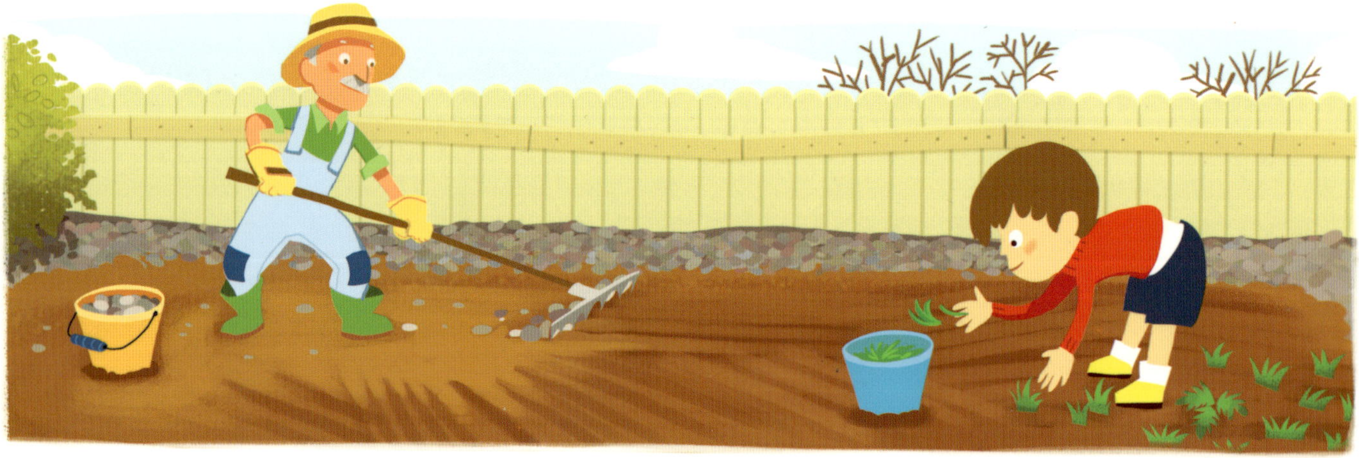

Puis, il la débarrasse des gros **cailloux** et des **mauvaises herbes.**

De nombreux **outils** sont nécessaires pour jardiner. Chacun a un rôle très précis.
Et il ne faut pas oublier de bien les nettoyer avant de les ranger !

Un potager pour se régaler

Salades, choux ou épinards grandissent au ras du sol. Ce sont leurs **feuilles** que nous mangeons.

Tomates, haricots verts ou concombres grimpent sur des tuteurs. Nous nous régalons de leurs **fruits**.

Radis, carottes et betteraves se développent sous terre. Ce sont leurs **racines** que nous dégustons.

Il suffit de planter une pomme de terre pour qu'elle donne naissance à une vingtaine d'autres.

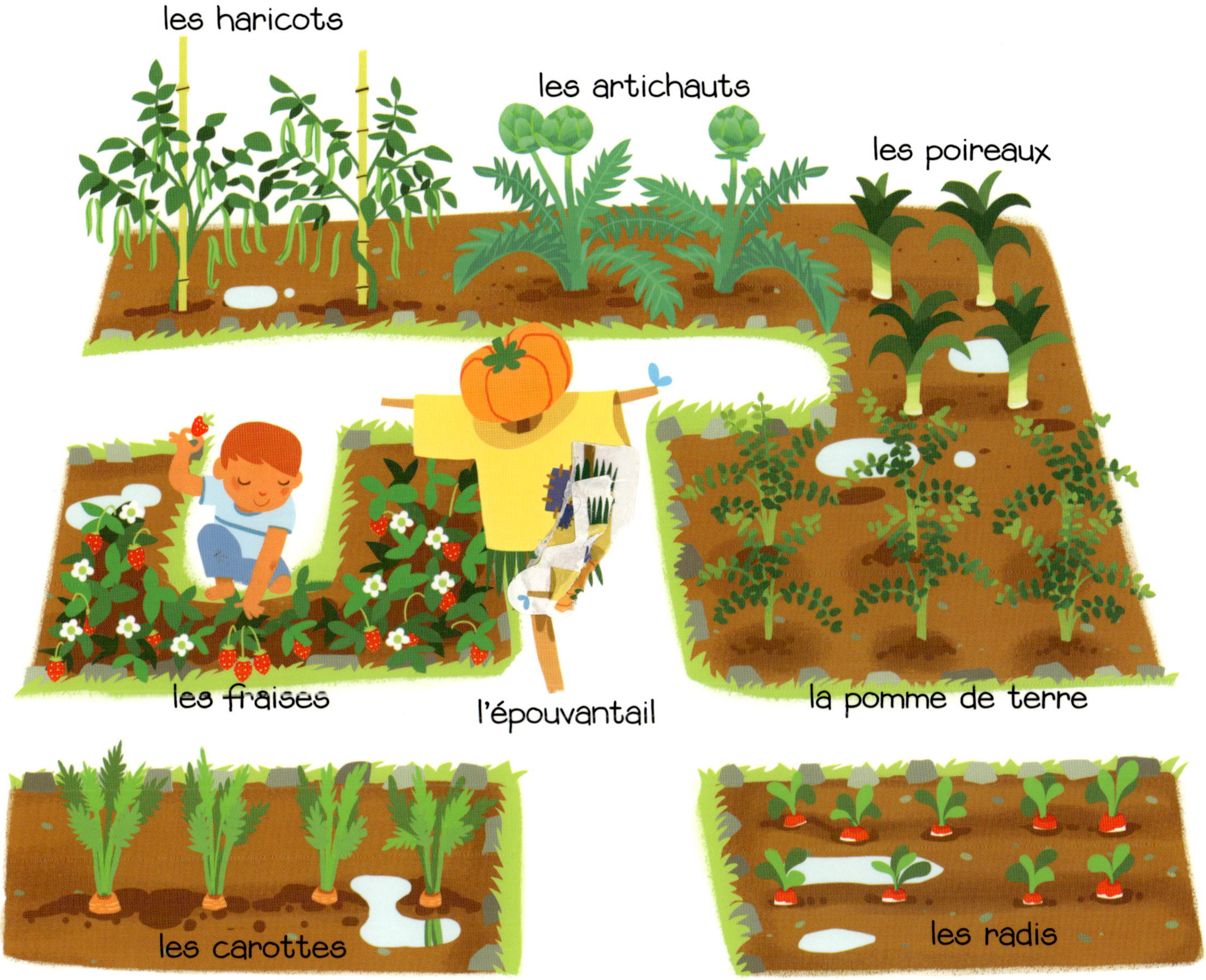

Le potager nous offre ses **délicieux fruits et légumes** du printemps jusqu'à la fin de l'automne.

Un jardin plein de fleurs

Il existe des milliers de fleurs différentes.

Certaines **refleurissent** toutes seules chaque année.

D'autres doivent être **replantées** tous les ans.

Les tulipes et les jonquilles sont plantées en automne. Après avoir dormi tout l'hiver, elles fleurissent au printemps.

Certaines fleurs **rampent** par terre tandis que d'autres **escaladent** les murs ou **se perchent** sur de hautes **tiges.** Il y a aussi celles qui ne grandissent qu'à l'**ombre** et celles qui n'aiment que le **soleil.**

Les fruits du verger

Au printemps, les **arbres fruitiers** se couvrent de milliers de fleurs qui donneront, plus tard, des fruits délicieux.

Lorsque ces fleurs perdent leurs **pétales**, leur cœur grossit et devient petit à petit un **fruit.**

Dans un verger, on peut faire pousser des fruits à **noyaux** comme les pêches, les cerises, les prunes ou les abricots. Et aussi des fruits à **pépins** comme les pommes, les poires, le raisin et les oranges s'il fait assez chaud.

Les ennemis du jardinier

Certaines petites bêtes donnent beaucoup de soucis au jardinier.

La **taupe**, en creusant ses galeries, coupe les racines des légumes et des fleurs.

Les **merles** font un festin de cerises.

Les **pucerons** attaquent les plantes.

Dans le potager, les **escargots** et les **limaces** font aussi de gros dégâts en grignotant les feuilles des salades ou des carottes. Les **chenilles**, elles, raffolent des choux !

Les grands amis du jardinier

Heureusement, de nombreux animaux aident le jardinier dans son travail !

Grâce aux galeries creusées par les **vers de terre**, l'eau pénètre mieux dans le sol.

Les **coccinelles** font des festins de pucerons.

Les **hérissons**, les **crapauds** et les **grenouilles** chassent les escargots et les limaces.

Pas de beau jardin sans **abeilles** ! En transportant de fleur en fleur la poudre jaune appelée **pollen**, les abeilles permettent aux fleurs de se reproduire. Une fleur d'arbre fruitier qui n'est pas visitée par une abeille ne donnera pas de fruit !

En automne, le jardin s'endort

On ramasse les derniers légumes : poireaux, pommes de terre et citrouilles.

Puis on nettoie la terre du potager en enlevant ce qui reste de racines et de tiges.

On peut aussi planter des framboisiers pour le printemps prochain.

Sous le tapis de feuilles mortes, la terre **se repose** tout l'hiver. Certains arbres fragiles doivent être **protégés** du froid tandis que, pour d'autres, c'est le moment d'être **taillés.**

Des jardins pour tous

Faire pousser ses légumes si l'on n'a pas de jardin, c'est possible ?
Oui, car de nombreuses villes prêtent des jardins où les gens peuvent se retrouver pour faire leur potager. On les appelle les **jardins familiaux.**

Si on habite un appartement en ville et que l'on veut jouer au ballon dans l'herbe ou admirer des fleurs, où peut-on aller ? Dans un **jardin public**, bien sûr !

À toi de jouer !

❶ À chacun son outil

Colle dans chaque scène l'autocollant de l'outil qui est utilisé.